KB126474

어디에 화요일을 끼워 넣지

**파란시선 0027** 어디에 화요일을 끼워 넣지

**1판 1쇄 펴낸날** 2018년 8월 20일
**지은이** 권정일
**디자인** 최선영
**인쇄인** (주)두경 정지오
**펴낸이** 채상우
**펴낸곳** (주)함께하는출판그룹파란
**등록번호** 제2015-000068호
**등록일자** 2015년 9월 15일
**주소** (07552) 서울특별시 강서구 공항대로 59길 80-12(등촌동), K&C빌딩 3층
**전화** 02-3665-8689
**팩스** 02-3665-8690
**모바일팩스** 0504-441-3439
**이메일** bookparan2015@hanmail.net

ⓒ 권정일, 2018, printed in Seoul, Korea

**ISBN** 979-11-87756-24-8 04810
       979-11-956331-0-4 04810 (세트)

**값** 10,000원

# 어디에 화요일을 끼워 넣지

권정일 시집

너무 많은 혼자 옆에
아름다운 슬픔 맨 앞에
언제나 우리가 놓여 있다

# 차례

**제2부**

**제4부**

제1부

# 결속

삼백여 장의 꽃잎으로 우리는 한 송이를 이루지요
매우 밀접하게 함께 촘촘해요 꽃병에 꽂힌 라넌큘러스가
오므린 입을 연다

활짝 피워 봐 코를 갖다 대자 피우다,에 열중하는 꽃
잎들

\*

열흘만 붉어라 열흘만
그러나 견딜 수 없는 꺾인 꽃의 아름다움은 겹겹이
꽃술에서 가장 먼 꽃잎이 시든다

친밀해지려는군요 내가 친밀감을 말하기도 전에 돌아
선 당신의 뒷모습

\*

몇 둘레 가장자리를 떼어 냈다
서로를 부르며 부르는 그만큼 서로를 거역하는 이복 자

매들
　꽃잎 꽃잎들
　어깨를 겯고 생떼 쓰듯 암술을 연다

*

　라넌큘러스는 동시에 꽃, 입을 열지 않는다

*

　활짝 피워 봐 다시 코를 갖다 대자 리듬처럼 퍼지는

　향이라는
　파르마콘

　물관을 따라 물관 끝단부에서 부푸는 액체 발맞춰 발그
레지는 꽃잎들 꽃잎들의 전쟁

*

태엽 멈춘 시계가 전생(前生)을 시작했다

## 숲으로

아는 사람과 가게 되면 숲이 되어야 하는 숲에서 우리는 조금씩 아는 사람이 되어 갔어

나무 아래 죽은 것들을 함부로 비교해 보는 잘못을 저지르는 우리는
살이 연한 나뭇가지로 연리지를 만들어
초록 물이 덜 빠진 나무껍질을 벗겨 악기를 분다
흘러나오는 간결한 음들에서 간절한 온도가 만져질 때

우리는 자세해져서

숲의 파랑을 뒤져 풀물 든 손가락을 나무 아래 묻고 울음 울면 숲은 털갈이를 하고

잎을 잃는 파랑들
이제 이름이 없어요, 어디론가 가야 하는 일요일처럼 우리는

나무가 되어서야 숲에서 나오면
혼자 남지 않게 될까 봐

크 크 크 목도리를 둘러 준다

# 키위 새

무언가를 잃었다
잃었다 잃었다고 자꾸 말하자 오래 쓰다듬어 잊고 있던
기억이 기억을 갖게 되었다

테이블을 닦았다
먹다 남은 키위가 테이블에 놓여 있다
언제부터 여기 놓여 있었지

키위는
키위 새를 닮은 과일

키위와 키위 새 키위 새와 키위 우린 그만큼 닮을 수도
있겠지

키위는
반으로 잘라 작은 숟가락으로 둥글게 파내는 맛
새가 떠난 새장

오래된 질문이 테이블에 놓여 있다

너무 또렷해서 둘러보았는데 이름을 감춘 새가 액자에
걸려 파닥인다

내가 신이라 해도
어리둥절할 것만 같다

기억 너머
너는 몇 번이고 발견되었지만 기억의 뒷문으로
빠져나가고 있는 나를 본 것 같기도 하다

# 여름의 보들보들한

이름도 없이 누가 대나무에 칼금을 새겼다

영원한 사랑

얼마만큼 깊이 파여야
우리가 갈 수 있는 끝이
영원까지일까

우리는 각자
염소의 표정이 담긴 눈동자에 갇혀
까맣고 외롭지만 그게 다였지

대나무가 영원한 사랑을 이해할 수 있을까

우리는 영원까지 가 보지 못한 사람

누가 나를 탁 치고 갔다
시시해

우리는 맴을 돌다 길어지고

# 리셋


어디에 화요일을 끼워 넣지?

광장에
영화관에
국기에 대한 맹세에

피와 살과 손톱을 가진 말할 수 있는 화요일 들끓어서
충돌하는 화요일 팔다리를 휘젓는 화요일 비가 오지 않
아도 화요일

어느 틈에 끼워 넣지?

사월에 눈이 오거나 신발 속 발가락이 젖어도 좋아 정오
밖으로 긍긍, 긍긍

누구도 방문하지 않는 화요일을 떠내
밀고 싶은

화요일을 화수분처럼 꺼내 드는 사람

# 파라다이스에서 만나요

하필 늑대는 그때 나타날까

외로움은 두려움이 아니라 고립인 거야 말할 때

뼈의 마디에서 흘러내린 양치기 소년의 거짓말이 거의
너에게 가까워질 때

늑대의 잔혹함보다 사회적 동물이 필요해 외칠 때

목을 물린 너의 거짓말이 쉽게 나를 물고 늘어질 때

혼자라고 적어 두는 게 더 상냥하다는 거짓말이 외로
움을 탈 때

그때

매번의 거짓말이 얼마나 거짓될지 외면할 수 있는 그런
진실은 있을까요

두 접시의 불

두 접시의 기분

샐비어가 피어나는 화단이 있고 손을 쬘 벽난로가 있는
그런 곳은 정말 춥지 않을까요
누구입니까 무엇입니까 존재입니까 국가입니까 서명하
지 않아도 되는

그곳

춤추듯이 쪽인지 애도하듯이 쪽인지 시간이 활활 하든
지 무슨 상관이에요
꺼지지 않는 불의 꽃을 베고 잠들었을 동안
차가운 뼈의 마디에도 영혼이 생기는 퍽이나 괜찮은
동안
책 따위와 심장 따위와 나 따위가 필요 없는 단단한 불
이 필요하다는 겁니다

## 노래의 체위

문은 이루어져 있다

문이 서 있어서 길은 지나가는 곳이 아니라 누워 있는
장소가 된다 떼려야 뗄 수 없는

ㄱ ㄴ ㅁ으로 연결된 통로를 지나면
모여 있는 광장

광장은 진보하고
광장은 문(門)과 문(問)이 없고
광장은 저녁을 노숙한다
신기루 너머까지

걸음은
걸음을 소모하고 걷고 걷고 소비한다

걸음은 악기의 줄을 고르듯 복숭아뼈를 가다듬는 것 그
저 한 걸음씩 걸으라고 요구하는 것
도로(徒勞)의 걸음은 흰 발목 아래의 이야기 하나 잃었
을 뿐인데

따돌리지 못해서
취향을 따돌리면서

언젠가 짜 놓은 문틈으로 계절이 흐른다
유령선이 된 지난 계절이 유령선으로 돌아오기도 한다
가끔 문에 기대어 잠이 들기도

문과, 지나가는 광장과, 모여 있는 걸음과, 소모하는 길
이, 문을

문이 길을 ㄱ이 ㄴ을 물고 ㅁ을 제작한다 ㅁ은 굵은 금
을 긋고 갇히는 시간이 즐겁다

그렇게 노래가 지속된다
길을 벗기고 문의 심장을 뜯어 오래도록 부른다

# 욕망의 에튀드

여름을 만들자마자 향기가 나기 시작했다 향기는 독을 뿜었다

향기가 사나워지자
투명한 병이 되었다

항문을 빠져나온 독성은 이내 단단해졌고 독은 피를 섭취하며 승승했다
피의 맛은
이미 물이었다가 이내 빙점이 되어 도처에 향기를 뿌렸다

적당히 뿌려 본 적 없는 눈부신 밀폐의 꽃밭에서 비대해졌다

도달하고 싶었습니다
도달하고 싶었습니까
정녕

분열하여

분열하여
분열하고
분열하고


향기 밖으로는 한 발자국도 나온 적 없이 톱날이 지나가고 대팻밥이 날렸다


조금씩
남김없이 피를 흡입하는 밀랍이 되어 채록한 욕망을 녹취하다가 오래 잠들지 못했고 꼭대기만 쳐다보았다


날아야 했습니까
날아가고 있습니다
기필코


드라큘라 뾰족지붕은 자주 붉은 잇몸을 드러냈고 다시 샤넬 No.5를 사칭하여 겨울을 만들었고 향기에 취했다 융성해졌다


내 몸의 외곽을 둘러쌓았다

# 염소 사람

꿈속에서 꿈을 꾼다 불새가 되어 날아간 구름 속 풀밭, 흰 염소가 가시면류관을 쓴 사람 머리를 달고 풀밭을 걷고 있다 꿈속에서도 풀은 질기게 초록색이다

염소 사람이 다정하게도 내 얼굴을 가지고 있다 어리둥절하지만 하나하나 내가 되려 하는 나를 내가 알아보다니……

당신은 누구십니까? 염소 사람이 물었다
나는 나를 어쩌다가 모릅니다 그럼 무엇으로 잘못 날아왔는지 아십니까? 아뇨, 라임오렌지나무에 물을 주지 않은 것 말고는

지금은 꿈입니다

보이는 대로 말해도 될까요 당신 머리에 박힌 가시를 뽑고 아프지 않은 모자를 단단하게 씌워 주고 싶습니다 꿈은 늘 악몽에서 밝아 오는 아픔입니다 고쳐 꾸어야 하는 질병입니다

꿈 꿈 꿈은 흩어지며 깨는 거 맞나요 열두 시간 전의 모래시계에서 열두 시간 후의 모래시계로 날아가야 합니다

# 웃고 있는 거미

—Odilon Redon, 1881, 목탄, 49.5×39㎝


호젓한 밤의 눈을 감아올려
신(神)을 짜는 동안
배꼽을 가진 것들의 털은 거룩했다

우리의 습관은 거역이지

사라진 머리카락 사라진 코 사라진 귀 뭉개진 얼굴
옆구리에서 돋아나야만 하는 손가락 발가락

배꼽에 실을 매달아
자신을 배웅하고 용서하고
대대로 줄을 치는 운명은 이토록 간단하다

신들을 수놓은 태피스트리를 찢고

한 번쯤
줄을 끊고 구름밭을 걸어 보고 싶다
천국에서는 어떤 나팔소리가 들리려나 진정

이제 나를 혐오하는 일이 즐겁지가 않다 꽃잎인 척

나비가 울면
저쪽에서
나는 흔들린다

어떤 꽃의 운명을 간섭하고 왔니

날개를 떼어 내면 꽃가루겠지
꽃가루를 발음하면 흰 꽃잎이 날리겠지

희디흰 보드라움 서서히 옮아 피륙을 짜면
고유의 울음을 가질 수 있을 거야
지극한 직물의 잠을 잘 거야

# 운지법

말을 배우기 이전엔 손가락은 똑같이 움직였다

앳된 코를 배꼽 밑에 감추고 키스보다 먼저 코를 감각
했을 때 검지가 진품인 걸 알았다

검지가 호흡을 맞추며 엄지 척을 믿고
중지가 힘을 모으면 약지 애지 엄지 검지는 한마음
글썽이는 건 약지의 습성이지만 따뜻함은 애지가 약
속하고

손가락을 걸 때마다 복사되지 않는 약속
오므렸다 펴는 손가락 틈새로
무늬가 익숙한 창문이 감쪽같이 열렸다

창문의 수화를 읽을 수 없어 손가락은 맨 처음 손가락
들을 가지고 놀았다

따로따로 혼자 노는 날이 많아질수록
무럭무럭 자라고
검지가 가리키는 달의 뒷문

우리를 모을 수 없는 손가락은 자꾸만 지루하고 우리의
얇은 대화는 책상을 톡톡 두드리고

　　턱을 괴고
　　끝없이 망설이고
　　너의 뺨을 어루만질 수 있을까

　　손을 뒤집으면
　　손가락은 언제나 열한 개

　　알맞은 손가락을 번역하려고 의심이 자라는 주먹을 펴
고 가장 먼 너를 지목하며 그 이후를 다만

　　쓰고 있다

단편소설


　고만고만한 행복과 나름나름 불행한 베스트셀러의 첫 문장으로 시작한다

　원칙대로
　육하원칙은 약간씩 모습을 바꾼다 매일매일

　자고 일어났는데 아침이다 스위트 홈 스위트 홈

　햇빛이 와 있고
　창문은 조금씩 다른 풍경으로 밖을 은폐하고 있다 넌지시 그윽하게
　대체로 창문을 기르는 나무

　줄어들지 않는 먼지 속에서
　줄어드는 아무 풍문 속에서
　어떤 말로도 말하지 않는 어떤 기록을 해야만 했다

　(절정에서 그가 죽자 그가 태어났다) 곧이어 (은행이 망했다) (구성원 중 자살을 시도했다) (불행이 야행했다) 불과 어제의 어제 일이다

행복할 일이
적정 온도에서 상한다면 오늘은 어느 귀퉁이에서 부패
해야 할까


문을 닫으러 가는 사이
창문은 조금씩 다른 불빛의 안을 가지고 있다 자르고 붙
이고 나누고 있다 커피콩 같은 커튼콜 같은
아침을 위하여


어디서부터 보여 주는 걸 시작하지
멸종 위기에 처한 동물원에 기증된 스리랑카코끼리를
보여 줄까
코믹하게 빚어 놓은 정원의 토우 웃음을 보여 줘야겠지


희극과 비극 양념들의 장르는 가정식이라고 잠시 입을
벌리고


자고 일어났는데 또 아침이다 의식주는 번창한다

# 시계가 시계 방향으로 도는 건 시간이 선택한 일이기도 하다

하나 둘 셋 넷 숫자는 열둘까지만 셉니다 다시 하나 둘 셋 넷…… 얼마나 돌아 왔을까요

감쪽같이 빼먹었습니다 잡아먹고도 멀쩡합니다

나를 보고
내가 놀라야 합니다

어딘가 속해 있는 나와 벗어나 있는 나를 구별하지 못하고

물 쓰듯 쓰는 시간이야 세련되게 생각하고
시간은 작정하고 남아돌았습니다

시계에게 불한당인
시간의 뼈가 인(印)을 생산하고 언제 멈추는지 모르지만

잘못했습니다, 시계를 거꾸로 돌려놓아도 시간은 뉘우치지 않고 가던 길로만 갑니다

그것은 알루미늄 케이스에 든 가루약

소리가 나지 않아 끝까지 흔들어 봅니다 반성문을 쓰지 않게 될 때까지


날인하며 빼내 가는 째깍째깍,을 웃어 주기로 결심했습니다


열두 시와 열두 시의 무덤들은 서로 다른 위치에서

시퍼런 낫을 들고 자라나는 것을 멈추지 않는 머리칼을 오래오래 베어 먹습니다


지체하지 않는 것을 멈추고 싶지 않습니다


창밖에 똑같은 아이들이 자라나고 있습니다

# 유정한 음악

파란 색소폰이
파란색으로 울고 있다

희미한 가로등 아래 취객 한 사람과
고양이 두 마리
광장이 되지 못한 골목 코너

저 고양이는 눈물의 장르를 언제 배웠을까

흘렸을 눈물과
흘려야 할 눈물 그리고 눈물
넘치도록 있고

떠밀려 온 자들은 울음이 길다

한사코 흐르는 것이 있다

제2부

## 너무는 너무하지 않는다

　너무 쓴 사랑 너무 아픈 상처 너무 빨간 사과…… 너무 즐거운 너무 쓸쓸한 너무 시린 너무 너무 너무한 즐거워 쓸쓸해 사랑해…… 너무가 뱉어 내는 말이 얼마나 될까 너무가 너무를 너무하다 사과 한입 베어 물고 너무한다 미안해 아파 시려 그러다가 너무해서 너무한 줄 모르는 너무가 범람하면 마음은 어디로 갈까 가령, 없어 없음이 없어 없음이 너무 없어 너무 없어 하다 보면 없음이란 이 좋은 말이 부질없이 부질없다 부질없다는 것이 정확해질 때까지 숨 몰아쉬지 않아도 수백만 번 너무하지 않아도 명랑한 여름이 오고 가을이 간다 우리는 너무 너무너무 쉽게 도대체 너무한다 정말 매우 여전히 훨씬 진짜 아주…… 이런 쫀득한 우리가 되어 볼까 어느새 간절해져서 다시 그윽해져서 그야말로 정말이지 진짜가 되어 눈물겨울까

# 이솝과 더불어

말과에 속하는 당나귀입니다 흔히 나귀라고 하죠

흔치 않은 풍경을 연출하며 도시 한복판을 느릿느릿 가로질러 갑니다

왜 왜 안 되나요? 기어이 보여야만 존재한다고 믿는 것들을 그대로 보기 위해서죠 우리는 바다의 피부를 뜯어내 해변 도로를 만들진 않아요 산의 이목구비를 훔쳐 고속도로를 만들지도 않지요

질주하지 않으면 길의 노예가 된다고 생각하는 사람을 더더욱 닮지 않기 위해서죠 언제나 조금 더 자란 사람에게 백기를 들고 말지만 희망이란 예나 지금이나 느슨해 초강 초강한 질문이 쏟아져 내리는 사각지대에서도 눈알을 이리저리 굴리며 눈치 보지 않아요

그래서 사람들은 어리석은 당나귀라고 부르나 봅니다

시간을 초과해 버려서 가축이 된 야생 인간을 무등 태워 다녔으나 운 좋게도 감염되지 않은 피, 사람이라는 피

를 하사받은 종으로 태어나면 다른 종들이 끼어들어 와 의
견이 문란해져서 힘들 거라고 생각하죠

　　아직 피의 순결을 믿고 있으니까 수신호가 필요합니다
마침 지프가 폐곡선을 그으며 길을 당깁니다 지나가는 것
은 개와 늑대의 시간들 소나기 한 줄기 소심한 등줄기로
사람이라는 종의 두개 속으로

# 우리가 흐르는 자세

사과와 오렌지를 한 앵글에 편입시키는 건 칼이다

그녀는 주로 오른손에 칼을 들고 앉거나 서서 사과는 깎고 오렌지는 벗긴다

사막여우들이 오고 있다
사과를 돌려 깎으면 오렌지는 돌돌 벗겨야 할 차례

가장 사과다운 사과가 어떻게 하면 되는 걸까
오렌지의 내면은 주황색을 고집한다

화가와 정물처럼 일정한 간격을 유지하며
갈변하는 그녀와 물러지는 그녀들

사과는 오렌지의 톡톡 터지는 내면을 보지 않고 사각사각한 맛이 없다 말하는 오류를 범하고 오렌지는 제발 제발 제발 나의 향기를 폄하하진 말아 줘

칼을 접시로 바꿔 주어야 할 차례가 오고 있다

**44**

사과는 골몰하고 오렌지가 침묵하는 사이

두 개의 테이블을 붙이면 그녀들 앞에 또 그녀들이 놓여 머리를 맞대고 감정들이 끼워진다

사과는 사과로 오렌지는 오렌지로


빙 돌려놓은 접시를 밀어내고 칼이 오길 기다리고 있다


말을 돌려 깎지 마

말을 벗겨 먹지 마

마주 보는 관계에서는 관계만이 가능해


섬세한 표정과

비밀스러운 입술


토막 나거나 결국 끊어진다 서서히

썩어 간다

# 나무 아래 크로키

지나가는 비야 괜찮아
빗장뼈 꼭 거기쯤 서로의 깃을 다독이며 꼭 꼭 꼭 부리
를 맞댄 후박나무 기슭 새 한 쌍

우린 초면인 셈인데
눈을 맞추고 비를 피하고 있다

후박 잎을 두드리다
뒤꿈치가 휑한 여우 지나간다
구름의 점묘를 보고 어떻게 기상을 관측했을까
깃을 맞대고 빗소리를 지휘하며
깃을 치는 겨드랑이가 깃털 만년필 모양이다

후박 잎이 흔들릴 때
떠도는 힘을 발끝에 주는 새의 눈썹 선이
흔들리는 것을 보았다

그사이
호랑이 장가갔다

빗소리 이후로 건너간


귀머거리 새가
벙어리 새를 향해
큰소리로 이제 비가 그쳤다고 기낭을 부풀린다


누군가 호루라기를 불며 지나간다

# 얼굴의 이해

얼굴을 개명할 시간
전단지엔 연습용 얼굴은 안전해라고 쓰여 있다

제멋대로의 점 선 면들
끔찍한 제목의 얼굴들

언제까지 고독해야 되나
결코 뒤태를 보이지 않는 얼굴

얼굴은 고집이 세지
얼굴은 참을성이 없지

누구십니까
누구이고 싶습니까

남은 얼굴을 어디에 쓸까 두리번거리는 얼굴들

# 다만 명도와 채도의 문제

적어도 꽃의 육체는 솔직하다 홀연하다 이제 꽃에 대한 기록을 그만해야 한다 적어도 그렇게 생각한다 그런데 꽃의 말은 상상할 수 없을 만큼 아름다운 질투라서 꽃이란 종의 내부는 늘 궁금하다 색을 갖고도 색깔에 물들어야 하는 몸 떠도는 짐승을 꽃잎에 가두고 무늬 몇 조각으로 지탱해야 하는 삶 그리하여 어떤 꽃은 죄인으로 피었다 신화로 진다 신화의 한 장면으로 피었다 죄인으로 지기도 한다 꽃의 색계에서 가장 많이 연루되는 빨강과 잎의 색계에서 가장 많이 연루되는 초록 초록 잎에 도드라진 빨강 꽃 어두운 계곡 돋보이는 노랑 꽃

이것이 꽃의 형식이다 정설이다 종의 기원이다 그러나 반란처럼 등대풀꽃은 초록이다 초록 잎에 초록 꽃 녹엽녹화 의기양양이다 가장 고독한 꽃이라도 되려는 걸까 입술을 굳게 닫아걸고 오롯이 등대를 향한 바다 냄새가 전부다 고양이 눈을 닮은 흔들리는 꽃대 위 홀연한 묘정의 꽃 묘묘하다 하여 그대는 초록의 은자 초록의 반디 초록의 옥쇄 당신의 성격이 그렇게 냉혹하다면 우리는 그대 마음을 돌덩이라 생각할 것이다 이렇게 긴 꽃말을 부여받고 감옥 없이 추억이 되어 버린 추억 없이 감옥이 되어 버린

# 코드네임, 파리

생명보험이 스윽 밀어내는 혀
그녀는 여든두 번째 대기자

전광판에 082로 뜨기 위해 얼마간 유예될 것

고유 번호는 그녀가 아니고는 예약할 수 없지 타이레놀 한 알 삼킨다

082는 부화를 꿈꾸는 아브락사스 새가 되어 날 수 있을까

누군가 던져 놓고 간 전단지 대리운전 8282 치과 2872 꽃집 5425 장의사 1024 용달 2424…… 일개미의 행렬

숫자는 아름답지

산 사람의 목숨을 담보로 생명 수당을 헤아리는 082
당신을 죽이기에는 만기일이 아직 멀군요

꾸준히 죽음을 향해 잘도 걸어왔습니까? 082

파리 목숨을 구겨 버리고 올려다보는 생명보험은 높다
떠다니는 목숨들

목숨이 한결 가벼워지고 산부인과를 지날 때

잘 익은 돼지머리를 잘게 저미는 국밥 집 도마에 모여
드는 파리, 파리 떼

## 편의점 인간

7-Eleven에 간다 고로 존재할 것이다

표정들이 개별적인 코카콜라 에쎄 레몬에이드 Love 삼
각김밥……
자동 기술로 그어지는 배꼽 높이의 바코드
신용카드를 건네는 알바는 오뚝한 코를 가진 구체 관절
인형

언제나
7-Eleven은 럭키하다

그 누구와도 인사를 나눈 적 없이 나는 단골
삼각 김과 밥 사이에
도무지 앉아 있어도 아무도 감각하지 않아
나는 지나가는 장면 1이거나 행인 2

편의상 편하게 편의를 도모하고
편의를 졸졸 수행하다 보면
편의가 계속 따라오는

모호하거나 적당히 심플한 심야

통유리의 투명함이 줌인 줌아웃 하는 민들레영토 CCTV
에
저장된 어둠과 삭제된
나는 무수하다 고로 존재할 수도 있다

# 먼지 한 점

염주를 굴립니다
권총과 튤립이 손바닥을 돌아다닙니다

통도사가 묻습니다
죄는 손바닥 위에서 피는 것이냐 심장이 짓는 것이냐
권총이 죽이고 싶다는 생각에 방아쇠를 당기느냐 은총을
애원하는 튤립과 신곡 지옥편 18곡은 무서운 말괄량이
지 않느냐

(권총이 총부리를 겨냥하다 사람처럼 죽어요 튤립은 염
주가 염주를 건너가는 순간에만 귀가 맹랑해지고요)

주렁주렁한 귀를 달고 통도사가 스치고 지나갑니다
한바탕 부글거려야만 제자리를 찾게 되는 헛것들

(염주 한 알 더 굴립니다 세계가 다른 신들과 바이블
과 법화경이 충돌할 때의 짜릿함이 헛되나요 날개가 천사
이듯 개에게는 불성이 있다고 믿고요 그걸 구분 못 하는
사람도 있습니까 권총과 튤립이 사라질 리 없잖습니까)

권총에 튤립을 장전하고 통도사가 결가부좌를 틉니다
헛되고 헛되니 헛되고 헛되도다
헛되고 헛되니 헛되고 헛되도다


(헛,을 꼭 움켜쥡니다 정말 당신이 헛것이라면 당신을
쏘아 버릴 겁니다 그때 권총과 튤립이 손을 들어도 무방
합니다)


나는 훌륭하게 헛되겠습니다

# 즐겁게 춤을 추다가

미자도 아니고 순자도 아니다

비자? 발음하면
국보급 나무보다 우월하고 하와이 여행 중이랄까 아님
숨겨 둔 돈뭉치가 좋을까

악어백이 아가리를 벌리면 신용이 제일이라서 현혹되
는 비자 사각의 신용은 무엇이든 가질 수 있다

꿈의 아케이드 에스컬레이터는 승천하지 못한 이무기

안녕, 이리 와요 어서 이리로 와요 안락하게 누워 보실
래요 라텍스 라텍스 상냥함까지
솜털 부푼 꼬투리를 터뜨리세요
밍크가 털을 늘어뜨리고 흑요석 눈동자를 굴리며 비자
를 더듬는다

으아흐

아름다움은 견딜 수 없다

그대로 멈추지 않는 비자의 치명적인 호기심은 신용을
신용하지 못한다는 거지만
　꼬리에 꼬리를 무는 유혹은 믿는다
　이 마법 같은 쾌감은 자신감
　비자답게 비자가 되려는 비자


　눈동자와 숨결을 멈추고 아름다워


　으아흐


　프라다를 손에 넣었다

# 건너간 후

예고된 종말
재림의 나라가 임하실 때 함께하잔다 등을 툭 치는
여호와의 비장한 파수대가 구체적으로 증거한다네

여호와에게 성불하십시오 합장하고
여호와는 부디 구원을 얻으십시오
부디,라는 아무쪼록을 얹어 준다

골목을 돌면 점집이 나오고 대나무를 두드렸다
바닥과 벽과 구멍이 수리취범벅
증언하기에 좋은 부디 고백을 하면 바라건대가 되나
부디 시시콜콜하면 부디 햇살이 보이나

대나무가 리허설하는 동안
잔금보다 얼기설기한 내 전생이 더 요염해진다
밀실의 지하경에 도착한다

물 水 자가 세 개…… 도화살이 보인다고?
그렇잖아도 죽간을 새기는 팔자다

대나무가 나를 흔들어 강을 건너가고 있다

# 샤먼의 그림자

너에게 입사한다

목소리가 혼잣말보다 흐릿할 때
어김없이 너에게로 쓰러지지

이미 길어질 대로 길어져서 길쭉한 너와 내가 몇 번째
마주 보고 있는지 모르겠지만
1센티만 더 와 줄래? 구경만 하지 말고……

간곡한
간격

흑백일 수밖에 없는 우리
목소리를 만질 수 없지만 포개졌다

마른 체온의 까만 근육을 부풀리는 영(靈)을 베고 누워
기침을 한다 감정 없이 우리가 되자

마른 냄새를 나눠 덮는다
간신히 그러나

간절하게 병을 나누려면 가장 가까워야 하지

아무것도 결정하지 않고 아무것도 아니게 될 때까지 몸
피를 나누어 갖는 희미한 불빛에서 아픈 밤

너는
한 번도 다른 색을 가져 보지 못했다

# 요령부득

도화강에서 건져 주고 싶은 등인가

미궁에서 꽃신을 신은

아기 신이 걸어 나온다

서로의 등에 대하여 모른다는 것

미혹이 매혹을 사랑할 때

제3부

# 지금은 어디쯤 가고 있을까

인형을 망가뜨리며 소녀는 자라고
인형을 버리면서 소녀는 완성되지

아주 어린 인형의 눈망울 같은 나날들
살아 있다고 믿어 의심치 않는 인형들

말해 봐 말해 봐 립스틱을 바르며
말해 봐 말해 봐 머리카락을 물들이며

자란다는 것은 인형을 버리고
인형이 되는 일

인형을 버린 소녀 인형을 버린 인형
버리고 버려지며

온 힘을 다해 인형을 망가뜨리며 웃지 마
온 힘을 다해 인형을 버리면서 울지 마

자란다는 증거야 앵두를 먹으며
머리카락은 자라고 스커트는 짧아지지

# 건축학

어떤 애벌레의 건축술일까

식물성 막
산초 잎을 주름으로 둘러쓰고 번데기가 나무에 매달려
있다
한 세계를 위해 도열한 산초나무가 문을 걸어 잠갔다
숨바꼭질하며 하루하루 여러 하루들을 지켜보고 있다
멜랑콜리하게 고립되었다

미동 없이

*

번데기의 세계 한 귀퉁이가 호기심으로 꿈틀한다

호랑호랑 두 쌍의 날개를 지금 발견하려는 중이고 번데
기가 바늘구멍만 하게 열리는 중이다 나비가 열리고 있다
호랑나비가 나부끼고 있다

오오

진동
산초나무가 몸을 돌려 숨을 죽이고 있다

*

눈을 감을 수밖에 없다

나는 것을 멈출 수 없는 하늘을 보아 버렸구나 나비야
성스러운 무늬로 바람의 피를 찍어 저 너머를

날아간다
호랑나비야

자명하게 나비가 되려고

*

너를 떠나보내고 붙잡지 못하는 밤

●산초나무에는 호랑나비의 번데기가 많다.

# 소원을 말해 봐


겨울에서 봄을 견딘 후 꼬리는
꼬리로 태어났다
작은 생장점을 날씬하게 늘려 말랑하고 부드러운 꼬리
를 가지고
인어 엘리제 여우 맘대로 바꿀 수 있다

지나가는 몸통들을 위해
어제 자라난 꼬리가 거울 속에서
왼 눈을 찡긋찡긋

거울은 오른 눈을 찡긋찡긋
거울의 수동성은 피학적이야

아름다움을 베끼는 연습이 반복될 때
멈추는 방법은 꼬리만 알 수 있지

꼬리는
달콤한
마시멜로

꼬리는 달콤함을 팔아 액세서리를 사지
반짝반짝 늘어나는 꼬리의 양분들

꼬리는 꼬리의 힘으로
언제든 변할 수 있지

세상의 액세서리는 셀 수 없이 많아

# 도트 무늬로 포장해 주세요


펼쳐진 이미지는 물방울무늬다

완성이 없다
속물근성이 없다

매혹적인 장식가인 당신이
선택하면 눈치 빠르게 보여 준다
패턴과 질감이 마찰할 때의 짜릿함
사랑 방정식(Love $= 2\square + 2\triangle + 2\bullet + 2V + 8 < 0$)

'사랑은 언제든 교환 가능합니다'

그렇지만
누구든 새로 시작할 수 있는 사이를 응원할 수는 있지
당신이 어떤 모양으로 포장을 할까 고민하고 리본을 사
고 잠자리매듭으로 묶으면

브랜드를 발설할 수 없는 시간이 길지 않으면 좋다
안부를 생략하고
윤곽만큼 탄성만큼

결코 풀어지지 않는 리본을 먼저 배려하는 포장의 세계

베아트리체 나폴레옹 수국 말괄량이 삐삐 다른 그 무엇
으로…… 속내를 펼치기까지

●Love = 2□ + 2△ + 2● + 2V + 8 < 0: 물리학 강의 도중 한 학생
이 사랑 방정식에 관해 묻자 아인슈타인은 이와 같은 방정식으로 설
명했다고 한다. '가지 않으면 안 될 길을 마지못해 떠나가며 못내 아쉬
워 뒤돌아보는 마음, 갈 수 없는 길인데 따라가지 않을 수 없는 안타
까운 마음, 그 마음이 사랑이다'라는 해석과 함께.

# 데칼코마니

양옆으로 펼쳐진 상처가 있다

북이스라엘 왕 아합은
아람과 싸우다
갑옷 솔기에 화살을 맞아 죽었다

갑옷의 조각과 조각을 맞대고 꿰맨 이음새가 갑옷에서
가장 약하고 허술한 지점이라고 한다면

어떤 절개선을 사이에 두고 마주 보고 밀어낸 지점과 등
돌리고 등한시한 지점이 둘로 나누어지는 저녁

당신의 상처를 손으로 쓰다듬어 본 후

박물관에서나 볼 수 있는 갑옷의
가장 허술한 솔기와
사라진 미술 기법 데칼코마니에 대해 생각하는

어쩔 수 없는 이후들

살과 살을 잇댄 이음새가 겹쳐지는
우툴두툴한 생각을 끌고 다닐 때

당신이 당신에게서 멀어지고
내가 나에게서 멀어지는

한가운데

쓸모없이 노력을 하는 박물관을 사이에 두고
전시하는 고통과 전시되는 고통이 마주 보고 있다

●갑옷 솔기에 화살을 맞아 죽었다: 라이프 성경 사전 중에서.
●쓸모없이 노력을 하는 박물관: 크리스티나 페리 로시의 소설 제목.

# 모호한 가방들

오늘 분위기는 정장이다 차려입고
높다랗게 떠 있는 유리 무덤으로
유리 날개를 민다

끈을 늘어뜨린 어깨
끈을 늘어뜨린 소매

안경을 본받고 구두 굽을 본받아서 측근에서 측근으로
겨드랑이 파동에서 벼랑으로
팔랑거리는 눈썹 팔랑거리는 콧김 팔랑거리는 넥타이

층층 머리 위
층층 발아래

함께 함께 함께 가요

팔랑팔랑
가방들은 우아하게 한 방향으로 비켜 보호색 너머의
비유
광장 자유 비상구 수단 약속 에로스 보증 등용문 기념

비…… 무엇이 될까

위하여 위하여 위하여

수직이 상승한다
수직이 하강한다
수평의 멘트는 잠깐 펄럭일 수 있다

여러 손목들을 감춘
여러 소매들의 끝이 밀어내는 회전날개 저편
그럴듯한 장밋빛

회전문은 문고리가 없어
그러니까 잡아당기면 안 돼

손잡이가 없는 유리문을 사이사이에 두고
왼쪽 어깨로
오른쪽 구두코로 빙글빙글 미는 정장을 구긴 가방들 목
숨을 조여 맨 짝퉁들

# 야누스 가족

세 개의 모서리와
세 개의 V
세 개의 골짜기를 맞잡은

우리는 트라이앵글

깊은 와디에 당도할 때까지만 외로운 입술이기로 했다

사랑하지 않을 감정은 길고 가팔라
반달 깊은 손톱과 눈동자
청동 숟가락에 비추며 비난이 창성했다

우리가 우리에게 가담하지 말까

협곡에서 협곡으로 사행하는
두려운 입술을 열면 앙상한 눈물이 칭 칭 칭

각각(角角) 나뉘어
각각(各各) 모으는 일이 계속되고 있다
V 끝에 목을 매달고 노래하고 있다

우리가 우리를 마주 보기란
같은 높이를 결론짓는 것인데
비슷하게 비스듬히 표적이 되어
모서리를 건너가며 희미해진다

뒷모습을 보여 주며 같은 걱정을 하면서도
기꺼이 경고가 되는
순결한 말에 찔리는 상처

가장 뾰족한

골짜기를 벗어날 때까지만 계속
진행 중인 침묵

# 검은 검정

식목하였다

어느 외딴 골에
깊이 깊이 깊이

밤이 가고 밤이 가고 밤이 가고 밤이 왔다
검은으로 와서 검정으로
기분은 한결 사르르 죽는데 비가 생기 있게 온다

지난밤에는 죽은 사람의 재로 만든 무명을 입고
계곡을 떠돌았다
지난주에는 실재했던 너를 비난하던 사람들이
작고 가볍고 희미하다

나는
살아 있는 걸까
누구로 죽었을까

살아 있다는 사실만큼이나 분명한 죽었었다는 사실

어제는
균형 잡힌 문장(紋章)이었는데 그 문장에서
한 사람의 파양은 단호하구나
이제야 넌 문호를 달았구나

의미는 나에게 남고
얇고 투명한 언어가 무성하게 수록된다
언약은 고통의 입구를 움켜쥐고

씀바귀
꽃 피웠다

작목하였다

프린팅


횡단보도 근처
방금 헤어진
그림 하나

지나가는 사람들의 구두끈을 당기며
손을 내밀고 있다

하얀 그림의 여자아이

오랫동안 얼굴이 돌아오지 않아 또 오랫동안
비를 맞는다

선명해지는 무늬

물방울을 튕겨 내며 바닥은 젖는다
기억나지 않는 빗방울의 난간

하얀 그림에게도
웃음이 필요하지

이미 부서진 인형을
묻어 주어야 하는데

시간을 운구하는
머리카락에서 빗물이 똑똑
떨어지는 소리를 들었다

# 먼 곳으로부터 태양이

솟구쳐 오르기를 기다린다 Eve 하고 부르면 솟는다 햇덩이가

솟아오른다
햇귀에서 힘이 끊임없이 뿜어내고 있는 열기가
초원의 톰슨가젤 흰코뿔소의 뿔까지 전해질 때

반도의 끝자락에서 활활 타오르는 불을 보고 있으면
사악해지지

Eden, Eden 되뇌면 출렁출렁 저주받는 신탁
납작해지며 살아 있는 자들은 탑을 쌓는다 바벨탑보다
꼼꼼하게

더 위로

강과 함께 가라앉고 강과 함께 솟아오른
수메르에서 갠지스 황무지의 대륙까지 동에서 서로 뻗어
내려 질서 정연한

모든 창문들이여

감자의 연금술, 토란 잎사귀에서 구르는 이슬방울이여

바다의 맥박이여 지평선이여

몸을 비튼다

솟구쳐 지상의 첫 여자를 짓는다

# 막간은 이용하는 것이다

수인사가
손을 흔드는 형식으로 이용하는 것이다

338 버스 종점 친애하는 동남여객에 시동을 걸어 놓고
눈과 손을 빌려 짧게 하는 인사

무사히!

손들은 커다란 번호를 이마에 새긴 버스를 몰아야 한다
토끼몰이하듯
막간이 몰이로 수렴될 때 출발선에선 늘 휘발유 냄새가
났다

천관을 향하다 목이 베인 비릿한 피 냄새를 맡으며
집으로 가는 길엔 언제나
급커브와 급브레이크가 도사리고

대책 없는 흔들림
끝내 쏟아지지 않으려는 휘어짐
손목의 힘은 속도만큼 쏠린다

짧은 거수에 묻어 있는
미안함의 수인사
손잡이를 끌고 우리는 어디까지 왔을까

깃을 세운 거리의 우울과 찬란이 열리고 닫히고
느릿느릿한 노파가 겨우 승강장으로 내려서고
가젤이 뛰어오르고

햇빛을 들어 올리고 하오를 떠 내미는 몇 초
멈춤과 출발은 1분을 넘지 않는다
잠시 흔들리며 횡단보도를 횡단하는 누군가와 누군가들

무심결 스치는 손과 손이
막간을 이용하여 거수경례하는 형식으로 번쩍
결코 다정해질 수 없는 순간을
흔들다 사라지는 겨를

# 서정시

마당을 쓸었다
마당을 쓰는 일은 흔치 않은 일

오동나무 긴 그림자
적빈이다

목쉰 개 컹 컹 컹, 아랑곳없다
목줄 푼 마당의 정서

고스란히 오동 꽃 떨어진다 운필인 양 말간 그늘을 휘호
하는 오동 세상 칡뿌리로 글을 써 탈속했다는 갈필 말고,
우거진 세상 습습 찍어 관조했다는 습필 말고

갈필 습필 반작하여야 큰 오동에 큰
그늘

어떤 묵즙이 벼루 끝으로 꽃잎을 불러내었나 그늘 한가
운데 명문장을 걸어 두고 휘장처럼

펄럭인다

아예 펄럭인다

自己를 풀어 마당 가득 큰 뜻을 내려놓는 오동은 지는
것이 아니라 일필을 기다리는 큰 붓

부드러우나 단단한 육필 붓끝을 따라가다 매무새를 고
쳐 쓴다

음력 여자


달을 훔쳤다


보름달이 뜨는 밤
달빛 한가운데로 들어가서


늑대 울음을
처절한 울음소리의 늑대를
지배할 수 있었다


젖가슴에 달빛 문신이 새겨진
여자는
기다렸다


깊은 삭일의 밤
달의 제단 앞에 서서 신성한 태양력의 목을
길게 찢었다


수천 떼의 어둠이
달의 중문을 열고
울었다

야알-라 야알-라 야알-라 암사슴을
완성했다

슬픈 짐승 울음을
뜨겁게 두려워하는 울음소리의 야수를
지배하게 되었다

벌레와 물고기와 새와
인간의 살까지

야음과
내통하고도
참수당하지 않았다

●야알-라: 사슴의 암컷.

# 가벼운 인사

장미 목덜미를 세워 배달 간다
배달은 알 수 없는 단절을 경험하기에 좋다

노란 포장지에 노란 장미를 주문한 누군가가
문을 여는 순간 우린 처음 보았거나 처음 다정해진다

온몸을 구부려 인사하지 않기로 한다
온 표정을 다 지어 안녕하지 않아도 된다

차임벨 소리보다 짧은 3초
우리는 잠깐의 공동체

쉽게 시드는 장미의 마감 시간을
말하지 않는 건 노랑에 대한 예의

세계는 닫힌 장소이거나 의미심장하지 않아
돈는다 화요일의 가시는 화요일에만 수요일의 가시를

극복하기 위해 화요일은 가능성
가시 많은 장미가 짙은 향을 낭비한다고

말해 주지 않는다
가시는 드라이한 간격 속에 있다는 속말

100송이에 끼우고 빨간 포장지에 흑장미를 주문한
누군가를 위해 장미 목덜미를 세워 배달 간다

배달은 파란 대문
배달은 장화를 잃어버린 장화 신은 고양이를 찾는 일

장미는 장미를 해결하지 않아
눈을 찔리지는 말자 향기만큼 질문 없이

제4부

# 마침내

가면을 뒤집어쓰고 갸릉갸르릉 사각의 링에서
뻣뻣 수염을 세우고 송곳니를 드러내고
그럴듯한 거라곤 찾아볼 수 없는 광대의 링에서
붉은 눈에 도취되어서
서로 목을 조르지
가장 격렬한 스킨십으로
주춤주춤 흘린 피에 미끄러질 때마다
셀 수 없이 흘린 피만큼

웃겠어

태양이 지나다니지 않는 어둠의 링
우리는 어딜 찾고 있는 걸까

얼룩무늬가 증발한 애완의 사순절
겨울이 시작되고 여름이 끝날 거야

테두리 바깥으로 소멸하는 방식
두 눈에 돋아난 안간힘으로
스스로가 되어 가야만 했어

# 웃음 하나가 줄어드는 것을 두고 볼 수 없었어요

뿌리를 잘라야 했어요 물바람이 들었나 봐요

—미소만 지어 보이고 뿌리가 깊은 허공에 닿을 때까지
시선을 거두지 그랬어요

탁자에 놓인 유리컵 따위처럼 말이죠

하지만
바닥에서 산산조각 나는 유리컵이 날카로운 비명이 되
었을 때 유리로 된 컵의 존재를 눈치챘어요

유리컵과 유리
물컵과 물

사이

생각은 하루하루 시드는데 아무런 도움이 되지 못했어
요
케이지에 감금한
강아지를 꺼내자

산세비에리아가 목마르게 웃고 있었어요

# 향연

고요를 견디면 귀에서 소리가 자라

얼굴을 흘러
그만 넘친다

고인다 조금 무거워진다

오래전 잃어버린 돌아오지 않는 메아리와
누군가 내다 버린 귓속말들이 결합하여
겪는 소리들

귓바퀴에 부딪히는 소리의 난간들
구름의 몸이 되곤 하지만 숨길 몸이 없다

*

소리를 삼키는 소리의 방청권 안에서 소리의 틈을 풀
이하는 소리들

*

무릇

3·4·7·5 내재율로 열리는 문 속눈썹이 고함을 지르는 미토콘드리아 이브 바람 없이 불교 없이 지는 풍란 그날 이후 드러누운 물소 열어 줘 열어 줘 빗방울을 립싱크하는 창 에밀레 에밀레 바람에 걸려 넘어지는 현관……

악보 없는 혈관을 흐르며
구름이 벗어 놓은
멀리 있는 귀라서 소리는 결별이 없다

                         *

낮은 허밍의 백색소음들

# 무관한 빛

지나갔다

눈썹을 뽑고 무언가 결심을 해야만 하는 나는 나와 무
관했다 어딘가에서 깜박이는 빛

처음으로 돌아갔다
눈을 감았다 두 눈을 뜨면
눈이 빚어낸 빛무리가 깜깜했다 잠시 충혈된 눈을 감겨
주고 지나가는 것은 무엇이었을까

어떤 발소리도 닮지 않은
어떤 발걸음도 닮지 않은

구두가 구두를 벗었다

구두는
소리를 감시하며 발의 행방을 추궁했다

말이 입을 다물고
입이 말을 다물고

나오지 못했다 문을 열고 들어오는 사람은 없고 구두
가 구두를 밀었다 마음을 신지 않은 구두는 한 발 더 나
아갔다

*

　양의 울음소리를 내며 기울어졌다

　닳아 가면서
　닳아지면서
　닳아지게 되면서

　낮게 부유하는 걸음들

　모여드는 소리로부터 소리를 빨아들이는 고요로부터
고요와 무관한 빛으로부터 나는

# 일찍이 우리는 오렌지나무

오렌지나무 속으로 들어갔다

물감에 붓을 찍으며 여름이 오고 있었다

붓을 들어 너는 내게 말해 준다 새콤한 날들이 올 거야

우리의 여름은 팔레트에 짜 놓은 물감만큼 선택할 게
많았지

선택할 게 많다는 건 포기할 게 많다는 것

매번 덜 익은 오렌지를 땄다 우리는 포기하며 웃었다

오렌지를 던지면 주황의 입자가 흩어졌다

웃는 눈동자를 그리다 말고 우리는 미묘해져서

수채화보다 기쁘게 웃음을 다듬었다

봐, 웃다가 물감을 다 쏟고 왜 눈동자를 그리지 않았어

네 영혼을 알게 되면 그때 그리게 될 거야

오렌지나무 속으로 들어가

처음 발음하는 입 모양으로 동시에 눈동자 눈동자를 굴릴 때

웃음의 가능성을 열어 두고 오렌지가 굴러 나올 것 같은 목젖

이마가 뜨겁도록 웃음은 공간을 흘러 다닌다

# 미량의 기억들은 눈빛 맑아지는 데 쓰이겠지

강변 살까 강변 살자고 했다 강변은 벗꽃 무정부주의

우리 조금씩 가난해졌던 거야 자꾸 가난해지는 거야

불행할 정도의 행복을 줄여 자백을 꾸렸다

기어이 사랑하겠다고 그냥 살아 버리겠다고

벗꽃이 꽃잎에 집중하는 동안

도모하며 떠나는 일은 춥지

일정한 온도로 비가 내린다

누군가 장례식장으로 가는 버스를 탔다

나는 죽어 있지도 살아 있지도 않은 꽃잎 몇 개와 낯설어진 트럭을

따라서 갔다 아득히 멀어지는 속도 나를 만나는 일은

요원했다

　거처가 다른 우린 오래된 행어(行魚)

　바닥에 닿지 않으려고 지느러미를 놓아준다

내가 가진 붓으로는 그릴 수 없는 하이쿠 i에
점을 찍는 일이나 t에 가로획을 긋는
사소함이나 무관심


은이 아니라 는이야
책장을 넘기다가 네 번째 줄의 각운에는 는이 맞아 내가
말하고 은이나 는이나 토씨에 불과해 네가 말한다

어떤 사소함에도 사소하지 않아 우리는 다만 사소해
질 뿐이다

*


발이 더 이상 자라지 않아 그런데도 신발 사이즈를 재
며 주사위를 던진다
2가 나오면 5는 바닥을 치고 이건 정확한 확률
무심하게 던지는 너 나는 이미 던져진 주사위 5가 나오
면 2가 당연히 바닥을 치는

우리의 반대말은 너와 나

*


i는 점을 찍어야 i가 되고 t는 가로획을 그어야 알파벳

스무 번째가 되는

　이 간단을 염두에 두지 않아 가끔 규모가 큰 지진이 발
생한다


　여진은 반발하듯 후에 오는 것


　늘 그다음이 문제였다
　T 멤버십은 우리의 중요한 관심사 중 하나인데 I 월드
에 관심을 집중했기 때문이다


*


　i에 점을 찍고 너와 나 옆집처럼 옮겨 왔다
　t에 가로획을 긋고 너와 나 옆집으로 옮겨 간다


　심장은 소란할 때도 뛰고 슬플 때도 뛰고
　슬픔을 치장처럼 사용하는 i의 점과 t의 가로획은
　맥락이 없다

과(戈)


나라는 창을 들고 나는, 나와 악수하고 있다

# 해리가 샐리를 만났을 때

은유를 알아?

은어는 아는데 새로운 물고기 이름이야?

해리가 묻고 샐리가 대답한다

횟집 수족관에 은유들이

유유히 노닐고 있다

*

해리는 은유를 은어라고 새롭게 해석하는 샐리가 붙박여 있는 책상다리가 아니라서 좋다
해리가 좋아하는 해리의 작은 새
샐리 아무것도 안 할 수 있는 침묵이 취미다

제임스 본드는 왜 계속 007 주인공일까
못 말리는 짱구는 25년이 지났는데도 아직도 다섯 살이다

톰은 제리를 잡는 데 기어코 성공하지 못할 것이다
신데렐라의 유리 구두는 몇 밀리일까

샐리는 쉴 새 없이
해가 지는데도 말하는 걸 멈추지 않을 것만 같다

사랑스러워

*

해리가 계단을 뛰어 내려간다 혹시 누가 보고 있나 둘러보았는데 아무도 없다

샐리는 검은 모자를 착용하고 꼼꼼히 엽총을 손질한다
방과 침대 사이 극단을 장전하고 총을 겨눈다

계단의 나선은 용의주도한 간격으로 설계되어 물체가
사라졌다 나타나곤 한다 시든 화분을 건너 해리는 어딘가
로 늘 어딘가로 빗겨 가고

꼼짝 마

샐리가 계단과 화분 틈에 끼어 있다

사랑스러워

*

그렇게 해리와 샐리는 계속되었다

# 거울이 있는 구석의 세계

곧이어 열었던 구석을 닫았고

구석을 닫았으니까 구석은 다시 구석의 위치에서 코너로 몰리지 않았고

너를 잘못한 등을 가진 너였고 필요 이상을 쪼그리고 더욱 너답게 마무리하는 구석이었고

무릎과 무릎 사이에 얼굴을 묻기 직전 얼굴과 무릎 사이는 텅 비었고 무릎과 텅 빈 무릎 사이에 얼굴을 묻은 공이었고

둥글었고

거울 속에서 구석은 꼭 닫혀 있었고 거울 속에서 흑흑 울음이 새어 나왔고 거울 속에서 둥근 어린아이가 흘러 나왔고

구석이 오른쪽으로 잠을 구겼고 거울은 필연적으로 왼쪽이 되었고

퍼지지 않는 잠이었고 잠버릇에게 미안해 구석은 잠을
조금 더 구겼고 거울에게 구석은 네 개의 베이스를 가지
고 놀 수 있는 운동장이었고

거울은 구석의 야구 모자였고
구석은 거울의 구원 투수였고

구석이 죽고 있으면 매일 죽고 있었고 거울은 아침마다
지겹게 태어났고 어려졌고 수북해졌고

곧이어 닫았던 구석을 꼭 열었고

# 모르는


지하철 1호선 열차가 중앙역에서는 출입문이 왼쪽에서 열린다는 것

왼발 다음 그다음 왼발이 계단을 말아 올라간다는 것

냉동실 통밀 빵은 전자레인지에 50초 삼각김밥은 15초 돌리면 적당하다는 것

갑질하는 데 10원짜리 동전이 다보탑보다 귀하게 쓰인다는 것

사랑해의 거짓말은 거짓말을 위한 일용할 양식이라는 것

알쏭달쏭한 사람과 마주치지 않게 하는 휴대용 칸막이를 만들면 대박 날 거라는 말에 모두 동의할 거라는 것

당신의 국적이 대한민국이면 대한민국은 민주공화국이라는 것

권총이 당신을 쏘는 것이 아니라 당신이 당신을 쏜다는

것

　아무것도 되지 못하고 애완견이 애완견밖에 되지 못한다는 것

　코끼리가 들어가 있는 냉장고에 딸기가 들어가 있다는 것

　뱀파이어와 마늘과 십자가가 불빛을 확보한다는 것

　얼어 죽지 않은 고양이를 화단에 암매장하고 누군가는 멀쩡하다는 것

　저주가 희미해지지 않는 신열 2g을 공터에서 살 수 있다는 것

　알고 있지만

　내가 나란 걸 나만 모른다는 것

# 이곳으로 가면 길이 없다는 말을 들었고 토끼라는 말을 들었다

골목이 끝나는 곳에 눈이 온다
발 없이

지상으로만 오는 눈 빨간 퉁방울눈이 아직도 빨간지 의심하며 며칠째 들이치는 눈

귀가 길쭉하고 뒷발이 앞발보다 두 배쯤 긴 토끼의 특기는 여간해서 잡히지 않는 것

사회화가 결여된 자폐는 안으로 안쪽으로 잠행했다 난해한 밀실들이 열리고

밀실이라는 은밀함에 연애 감정을 느꼈다 약간의 식량만으로 자신과 가까워질 자신이 있었다

하지만 대부분의 토끼는 대부분의 토끼에 지나지 않아서 겨우 토끼밖에 될 수가 없었다 소리 없이 배가 고팠다

애당초 토끼에게 간이 있었나
용궁을 쬐주머니보다 빨리 익혔으므로 아무도 눈치채

지 못해 용궁에서 간을 지킬 수가 있었는데

　자라에게 어떻게 간을 보여 주지
　수만 년 계수나무에 걸어 둔 전생
　퍼뜩 전생을 향해 눈알을 굴리며 쫑긋쫑긋 귀를 조아
려야 할 텐데

　여러분
　달에서 방아를 찧는 귀여운 토끼를 좀 기억해 주세요
　눈이 무릎까지 덮이는 날 토끼몰이하지 마시고
　엽기토끼를 만들어 물의를 빚게 하지 마시고
　가뜩이나 앞발 내딛으면 수평이 될지 그것은 그대로 절
벽일지 모르는 토끼를
　마지막까지 초식성으로 남게 해 주세요

# 낙조2길이라는 옷

　낙조2길은 낙조2길의 옷을 입고 있다 낙조2길은 성당 종소리 옷을 입고 있다 낙조2길은 낙조분수의 옷을 입고 있다 낙조2길은 유치원 옷을 입고 있다 낙조2길은 도서관 옷을 입고 있다 낙조2길은 빨강 우체통 옷을 입고 있다 낙조2길은 발자국들의 옷을 입고 있다 낙조2길은 낙조2길을 지나가는 개의 옷을 입고 있다 낙조2길은 낙조전망대 옷을 입고 있다 낙조2길은 카메라에 찍히는 풍경의 옷을 입고 있다 낙조2길은 낙조2길다운 낙조 옷을 입고 있다 낙조2길은 낙조가 스러져 가는 시간에 가장 영롱한 옷을 입고 있다 낙조를 보고 있는 낙조2길은 영원히 낙조라는 옷을 입고 있다 낙조2길은 노을의 옷

　나는 낙조2길의 승인을 받은 낙조2길이라는 옷이다 낙조2길의 허락을 받은 낙조2길이라는 옷이다 어딜 가든 낙조2길을 필기해야 정확한 이름이 배달되는 낙조2길이라는 옷이다 낙조2길에서 멜로드라마를 찍는 옷이다 공주가 나오는 꿈을 꿀 때도 낙조2길이라는 옷이다 아무 조건 없이 낙조2길이라는 옷이다 내 머리에 앉은 나비 같은 시를 써야 하는 낙조2길이라는 옷이다 우체국에 편지를 가져가는 순한 낙조2길 나를 방치하고도 편안한 낙조2길 배

달부 소년이 지나가는 낙조2길 배고픈 고양이가 어슬렁
거리는 낙조2길 또 나는 낙조2길이라는 옷과 똑같은 거리
를 떠도는 낙조2길이라는 옷이다 삶이 여기 있어서 낙조
2길이라는 옷이다 생이 여기 없어서 자서전이 없는 낙조
2길이라는 옷이다 낙조2길의 거리에서 거리를 두고 별을
보는 낙조2길이라는 옷이다

　나는 당분간 다른 옷을 입을 수 없는 낙조2길의 승인
받은 인생이다

# 당신은 꽃등잔 들고 저녁 길을 마중 나가고

여기서부터 혼자입니다
여기서부터 혼자라고 지금부터는
여기서부터 혼자라고 생각하시고
여기서부터 혼자라고 절대 생각하시고
여기서부터 혼자를 더욱더 확실히 해 주십시오
여기서부터 혼자를 절대 잊지 마십시오
여기서부터 진짜 혼자입니다
여기서부터 진짜 혼자라고 언뜻 보기에
여기서부터 진짜 혼자일 것 같지만
여기서부터 진짜 혼자입니다

여기서부터 나는 혼자의 대상입니다

# 우리의 발생학

안서현(문학평론가)

시에서 '나'라는 주어가 사용될 때 그것은 흔히 시적 화자나 서정적 자아라 불리곤 했다. 그러나 언젠가부터 그것이 단일하고 목소리의 자명한 주인이 아닐 수도 있다는 뜻에서 '시적 주체'라고 부르는 일이 많아졌다. 시에서 일인칭 복수 주어인 '우리'가 사용될 때도 마찬가지다. 과거에 그것은 시에서 민족이나 민중과도 같은 집단적 주체를 호명하는 방식이기도 했다. 그러나 요즈음의 독자는 그러한 '우리'를 쉽게 떠올려 내지 못한다. 그 '우리'라는 말의 모호함을 의심하는 일이 많아졌다.

비평에서도 '우리'라는 말을 통해 어떤 미지의 독자 공동체에 대한 상상을 불러일으키곤 했다. 가령 '우리가 이 시를 읽을 때'와 같은 관용적 구절로 글을 시작할 수 있다. 또 한국(어) 시라는 뜻에서 '우리 시'라는 말을 사용하는 일도 드물지 않다. 이러한 표현들 속의 '우리'는 순간적으로 생성

되는 필자와 독자들 사이의 유대를 상정하는 표현일 수도, 혹은 모국어로 시를 읽고 쓰는 사람들의 이른바 상상의 공동체를 지칭하는 표현일 수도 있다. 어쨌든 그것은 불투명한 유대이며, 불확실한 공동체이다. '우리'라는 말로 묶여 있는 필자와 독자들은 그리 평화롭게 묶일 수 있을 것 같지는 않다. 그 '우리'라는 말의 뒤에서는 은밀한 차이들의 암투가 벌어지고 있을 것만 같다.

권정일 시인의 이번 시집은 이와 같은 '우리'라는 관습적 발화를 의심하고, 또 그 말의 일상적 의미 앞에서 주저하고 있다. 그러한 말에 대한 의심과 주저는 모든 시가 시작되는 지점이기도 하다. 시인은 그러한 의심과 주저 끝에 다시 힘겹게 '우리'를 말한다. 이 시집은 어쩌면 그 말을 실험하기 위하여, 그 말을 탐구하기 위하여, 그 말을 도출하기 위하여 쓰이고 있는 것 같다. 그러나 정작 그 시편들에서 '우리'라는 대명사의 빈약한 출현 빈도는 그러한 '우리'의 발화가 매끄럽게 수행되는 일의 어려움을 진작부터 암시하고 있다.

'우리'라는 일인칭 복수 주어가 사용되는 순간, 어떤 희미한 공동체의 빛이 떠오르는 것이 사실이다. 그것은 허약한 언어에 의존하여 태어나는 무력한 공동체다. 힘든 쓰기와 더 험난한 읽기라는 행위를 매개로 하여 성립되는, 다분히 암묵적이며 동시에 잠재적인, 또 허구적인 공동체다. 권정일 시인은 쉽게 기대하지도 또 포기하지도 않으면서, 먼저 '우리'라는 발화와 그 의미 효과로 출현하는 가설적 공동체에 대한 탐구를 이어 나가고 있다. 이와 같은 시적 실험이

과연 '우리'에게 어떤 의미를 지닐 수 있는지를, 직접 (불)가능의 독자 공동체 '우리'가 되어 문답해 볼 일이다.

## 우리는 각자

권정일 시인이 말하는 '우리' 안에는 일절 낭만이나 환상이 깃들어 있지 않다. 그것은 '우리'라는 말로 묶여 있는 동안에도 여지없이 외로운 개인들의 얼굴을 하고 있다. 시인은 그것을 '우리'라는 말과 함께 '각자' 혹은 '각각'이라는 말을 사용함으로써 표현하고 있다. '우리는 각자', '우리는 각각'과 같이 말이다. 그럼에도 불구하고 끝내 '우리'에 대한 모순적 발화는 쉽게 포기되지 않는다.

　　이름도 없이 누가 대나무에 칼금을 새겼다

　　*영원한 사랑*

　　얼마만큼 깊이 파여야
　　우리가 갈 수 있는 끝이
　　영원까지일까

　　우리는 각자
　　염소의 표정이 담긴 눈동자에 갇혀
　　까맣고 외롭지만 그게 다였지

대나무가 영원한 사랑을 이해할 수 있을까

우리는 영원까지 가 보지 못한 사람

누가 나를 탁 치고 갔다
시시해

우리는 맴을 돌다 길어지고

—「여름의 보들보들한」 전문


예의 "우리는 각자"라는 구절이 등장하는 시다. 이 시는 "영원한 사랑", 즉 대쪽과도 같이 변하지 않는 사랑에 대한 환상을 이 말을 통해 위태롭게 만들고, 다시 그 위태로운 환상 자체를 죽비로 치듯 "탁" 쳐 버린다. 그러면서도 마지막 연에서 "우리는 맴을 돌다 길어지고"라는 한 줄을 포기하지 않는다. '우리'는 비록 영원하지는 못 하더라도, 어떤 '징후'로서 길게 지속되는 것이다.

그렇다 해도 '우리'가 실은 고독한 '각자'라는 것을 잊을 길은 없다. 고독의 기미는 '각자'의 얼굴을 가진 모든 인간에게 드리워지고야 만다. "언제까지 고독해야 되나/결코 뒤태를 보이지 않는 얼굴"(「얼굴의 이해」). 얼굴은 표정을 보이기 위한 것이 아니라 뒤태를 보이지 않기 위한 것일지도 모른다. 「야누스 가족」에도 역시 서로 '각자'의 고독을 완강하게 간직하고 있는 사람들의 이미지가 등장한다.

세 개의 모서리와

세 개의 V

세 개의 골짜기를 맞잡은


우리는 트라이앵글


깊은 와디에 당도할 때까지만 외로운 입술이기로 했다


사랑하지 않을 감정은 길고 가팔라

반달 깊은 손톱과 눈동자

청동 숟가락에 비추며 비난이 창성했다


우리가 우리에게 가담하지 말까


협곡에서 협곡으로 사행하는

두려운 입술을 열면 앙상한 눈물이 칭 칭 칭


각각(角角) 나뉘어

각각(各各) 모으는 일이 계속되고 있다

V 끝에 목을 매달고 노래하고 있다

—「야누스 가족」부분


가족이기에 서로 모여 손을 맞잡고 하나가 되었다. 트라이앵글이 되어 "칭 칭 칭" 소리까지 낸다. 그러나 하나의 삼각형을 이루고 있지만 그 각각(角角/各各)은 마치 협곡과도 같은 고독과 불안의 골짜기를 지니고 있다. 결국은 각각 깊고 가파른 골짜기에 자신의 눈물을 모으며 살아가는 것이다. "칭 칭 칭" 소리도 각각의 울음소리였던 것이다. 그러한 안정되어 보이지만 한편 위태로운 도형인 삼각형과도 같은 '우리'의 운명을 시인은 놓치지 않고 있다.

### (불)가능한 앵글

이와 같이 시인은 모순어법을 통해 '우리'라는 말로부터 빠져나오는 개인들의 모습을 그려 내고 있다. 한편 시인은 단절하는 가운데 결속하고, 결속하는 가운데 단절하는 '우리'의 역설적 동시성에 주목하고 있다. 가령 한 장면 안에 '우리'의 가능성과 불가능성이 동시에 드러나고 있는 다음과 같은 장면은 어떠한가.

사과와 오렌지를 한 앵글에 편입시키는 건 칼이다

그녀는 주로 오른손에 칼을 들고 앉거나 서서 사과는 깎고 오렌지는 벗긴다

(중략)

사과는 골몰하고 오렌지가 침묵하는 사이
두 개의 테이블을 붙이면 그녀들 앞에 또 그녀들이 놓여

머리를 맞대고 감정들이 끼워진다
　　사과는 사과로 오렌지는 오렌지로

　빙 돌려놓은 접시를 밀어내고 칼이 오길 기다리고 있다
　　　　　　　　　　　　　―「우리가 흐르는 자세」 부분

　칼은 과일을 자르는 도구다. 그리고 사과는 깎고 오렌지
는 벗기는 것과 같이, 칼은 각자의 개성을 드러내 주기도
한다. 그런데 그러한 칼이 있어야 사과와 오렌지가 하나의
앵글에 놓일 수 있게 된다. 단절이 결속을 가능하게 한다는
역설이다. '우리'가 가능해지는 것이 바로 칼을 통해서라는
사실은 의미심장한 것이 아닐 수 없다. 또 다른 시「결속」은
꽃잎 다발과도 같은 '우리'의 모습을 보여 준다. "삼백여 장
의 꽃잎으로 우리는 한 송이를 이루지요/매우 밀접하게 함
께 촘촘해요 꽃병에 꽂힌 라넌큘러스가 오므린 입을 연다"
(「결속」). 식물적인 공동체다. 꽃잎은 서로 촘촘해지다가 서
로 펼쳐진다. 그것은 서로 긴밀하게 결속되어 있지만 한편
으로는 서로 밀어내는 작용을 함으로써 향기를 피우고 꽃
모양으로 피어난다. 비로소 자기 존재를 과시할 수 있게 되
는 것이다. 이러한 '우리'가 되기 위해서는 결속도 필요하지
만 그 반작용도 필요하다. 이 두 편의 시로부터 우리는 하
이데거가 말한 사이의 역설을 떠올린다. 너와 내가 있어서
그 사이가 있는 것이 아니라 사이가 있어 너와 내가 마주
설 수 있다. 그 사이는 너와 나의 연결을 나타내지만, 한편

으로는 너와 나의 거리를 나타내는 것이기도 하다.[1]

그와 같은 친밀함과 거리의, 결속과 단절의 팽팽한 긴장 속에 있는 것이 바로 '우리'다. 시인의 시편들 속에서 이러한 역설은 종종 얼굴을 내민다.

> 무심결 스치는 손과 손이
> 막간을 이용하여 거수경례하는 형식으로 번쩍
> 결코 다정해질 수 없는 순간을
> 흔들다 사라지는 겨를
>
> —「막간은 이용하는 것이다」 부분

> 장미 목덜미를 세워 배달 간다
> 배달은 알 수 없는 단절을 경험하기에 좋다
>
> 노란 포장지에 노란 장미를 주문한 누군가가
> 문을 여는 순간 우린 처음 보았거나 처음 다정해진다
>
> 온몸을 구부려 인사하지 않기로 한다
> 온 표정을 다 지어 안녕하지 않아도 된다
>
> 차임벨 소리보다 짧은 3초
> 우리는 잠깐의 공동체

---

1 김동규, 『하이데거의 사이—예술론』, 그린비, 2009 참조.

—「가벼운 인사」 부분

　버스 기사들 사이에 오고가는 수인사나 꽃 배달의 장면은 다정하면서도 공소한 '우리'를 확인하게 한다. 서로 다정하게 결속했다가도 금세 다시 단절되는 이 "막간"의 공동체 내지 "잠깐의 공동체"는 '우리'의 가능성과 불가능성 사이 어딘가를, 우리의 (불)가능성[2]을 드러내고 있다. "겨를"의 불가능성과 "잠깐"의 가능성 사이, '우리'가 출몰한다. 형식과 진정 사이, 다정과 무심 사이, 단절과 결속 사이, 공동체에 대한 비관과 낙관이 엇갈리는 그 사이 어딘가에서 '우리'가 발생하는 것이다.

### 우리의 발화(發花/發話)

　권정일 시인이 천착하는 또 다른 주제는 '우리'를 이야기한다는 바로 그것이다. '우리'를 발화(發話)하는 언어를 시인은 관찰한다. 한편, 언어에 의해 발화(發花)하는 '우리'에 대해서도 탐구하고 있다. '우리'의 언어적 실험, 그것이 권정일 시인의 이번 시집을 관통하고 있는 주제인 것이다.

　　우리를 모을 수 없는 손가락은 자꾸만 지루하고 우리의
　　얇은 대화는 책상을 톡톡 두드리고

---

2 '(불)가능성'은 자크 데리다가 즐겨 사용하였던 기호다.

턱을 괴고

끝없이 망설이고

너의 **뺨**을 어루만질 수 있을까


손을 뒤집으면

손가락은 언제나 열한 개


알맞은 손가락을 번역하려고 의심이 자라는 주먹을 펴고

가장 먼 너를 지목하며 그 이후를 다만


쓰고 있다

—「운지법」부분


손만큼 '우리'를 표현하는 데 적합한 보조관념은 다시없
을 것이다. 손가락들은 한데 모여 있지만 따로 논다. 예의
'각자'의 공동체를 현시하는 것이다. 그것은 지루해서 턱을
괴고 있다가도 "너의 **뺨**을 어루만질 수 있을까"를 고민하
는, 또 그런 다정한 손짓을 하다가도 이내 주먹을 쥘 수도
있는, 예의 단절과 결속 사이의 진자 운동을 하는 '(불)가능
한' 공동체의 도구이기도 하다. 이 시에서 손은 이제 쓰기
의 행위를 시작하고 있는데, 그것은 '우리'에 관해 쓰는 것
이 아니라 "가장 먼 너"와 "그 이후"에 관해 쓰는 것이다.
이러한 차이의 쓰기, 그리고 미지의 쓰기에 '우리'의 운명이
내맡겨져 있다. "그 이후"는 '우리'가 어떻게 쓰느냐에 달려

있는 것이다.

> 너무 쓴 사랑 너무 아픈 상처 너무 빨간 사과…… 너무
> 즐거운 너무 쓸쓸한 너무 시린 너무 너무 너무한 즐거워 쓸
> 쓸해 사랑해…… 너무가 뱉어 내는 말이 얼마나 될까 너무
> 가 너무를 너무하다 사과 한입 베어 물고 너무한다 미안해
> 아파 시려 그러다가 너무해서 너무한 줄 모르는 너무가 범
> 람하면 마음은 어디로 갈까 가령, 없어 없음이 없어 없음이
> 너무 없어 너무 없어 하다 보면 없음이란 이 좋은 말이 부질
> 없이 부질없다 부질없다는 것이 정확해질 때까지 숨 몰아쉬
> 지 않아도 수백만 번 너무하지 않아도 명랑한 여름이 오고
> 가을이 간다 우리는 너무 너무너무 쉽게 도대체 너무한다
> 정말 매우 여전히 훨씬 진짜 아주…… 이런 쫀득한 우리가
> 되어 볼까 어느새 간절해져서 다시 그윽해져서 그야말로 정
> 말이지 진짜가 되어 눈물겨울까
>
> ―「너무는 너무하지 않는다」 전문

앞서 「운지법」에서 손의 은유가 우리를 나타낼 때, 그것
은 결코 하나가 될 수 없고, 또 언제나 하나가 더 있어 열한
개인 것처럼 느껴지는 손가락들로 표현되었다. 그 대목에
서도 알 수 있는 것처럼, '우리'라는 말은 '너무'라는 말과 잘
어울린다. '우리'는 필연적인 과잉이기 때문이다. '우리'는
'각자'의 합의 그 이상이 되고자 하는 필사적인 운동인 까닭
이다. '우리'는 너와 나에서 출발하여 다른 어떤 것으로 건

너뛰고자 하는 획기적인 작위(作爲)이기 때문이다. '우리'는 너무 많은 차이들을 그대로 뛰어넘어 버린 비약적인 어휘인 까닭이다. 이 시에서도 마찬가지다. '너무'라는 말의 쓰임을 곱씹던 화자는 '우리는 '너무'라는 말을 많이 쓴다'는 숨겨진 문장을 지나 '우리는 도대체 너무한다'라는 문장에 도달하고야 만다. '우리'는 그렇게 초과의, 잉여의, 과장의 단어라는 것을, 간절하고 눈물겹고 끈끈한 말이라는 것을 알기 때문에 그러한 문장을 떠올린 것이다. 이러한, '우리' 안에 있는 과잉의 속성은, 어쩌면 차이를 도약해 버리는 서원(誓願)과 차이를 무화해 버리는 억압 사이에 놓여 있는 양날의 검과도 같은 것일 터다.

너에게 입사한다

목소리가 혼잣말보다 흐릿할 때
어김없이 너에게로 쓰러지지

이미 길어질 대로 길어져서 길쭉한 너와 내가 몇 번째 마주 보고 있는지 모르겠지만
1센티만 더 와 줄래? 구경만 하지 말고……

간곡한
간격

흑백일 수밖에 없는 우리
목소리를 만질 수 없지만 포개졌다

마른 체온의 까만 근육을 부풀리는 영(靈)을 베고 누워
기침을 한다 감정 없이 우리가 되자

마른 냄새를 나눠 덮는다
간신히 그러나
간절하게 병을 나누려면 가장 가까워야 하지

아무것도 결정하지 않고 아무것도 아니게 될 때까지 몸
피를 나누어 갖는 희미한 불빛에서 아픈 밤

너는
한 번도 다른 색을 가져 보지 못했다
　　　　　　　　　　　　　　　—「샤먼의 그림자」 전문

　위 시에서는 '우리'의 제의가 그려지고 있다. "간곡한/간
격"은 역시 '우리'의 좁혀지는 간격, 그리고 결코 좁혀지지
않는 간격 사이에서 언어의 줄타기를 보여 준다. '우리'의
제의는 자신의 목소리를 혼잣말보다 흐릿하게 만듦으로써
서로의 목소리를 겹치거나, 서로 조금만 더 가까이 와 달라
고 부탁함으로써 서로의 그림자를 겹치는 샤먼적 행위들
을 통하여 이루어진다. 말의 제의를 위해서는 목소리를 낮

추어야 한다. 그림자의 제의를 위해서는 자신을 잃는 것을 각오해야 한다. 미광의 뒤에서 서로 다가가 그림자를 겹친다. 길어진, 마른, 그리고 점점 흐려져 가는 흑백의 몸피들이 서로 겹쳐진다. '우리'가 되는 데는 도약만이 아니라 어떤 포기가 필요한 것이다. 서로의 병을 나누더라도, 자신의 색을 잃어버린다 하더라도, 아무것도 아닌 것이 되더라도, 이 입사의 제의를 받아들이는 각오가 필요하다. 결국 이것은 포기의 시적 제의인 것이다.

이와 같이 시인은 언어를 통하여 발화되고 또 발생되는 '우리'에 관해 말하고 있다. 때로는 '우리' 가운데 가장 멀리 있는 '너'에 대해 쓰는 언어를 통해, 때로는 간절함을 담아 '우리'라고 쓰는 언어를 통해 말한다. 때로는 유보하고 때로는 과장하는 언어를 통해, 때로는 비약하고 때로는 포기하는 언어를 통해, 때로는 의심하고 때로는 낙관하는 언어를 통해 말한다. 환상적이고 균열이 없는 '우리'는 부담스럽다. 단일하고 차이가 없는 '우리'는 의심스럽다. 그러나 '우리'의 위태로움과 '우리'의 불가능함, 그리고 '우리'의 부족함과 남음을 알고, '우리'의 간곡함을 가지고 만들어 나가는 '우리'는 믿음직스럽기만 하다.

다시 반복한다. 시가 관습적 언어에 대한 의심에서 출발하는 것이라면, 의심 없이 사용되는 주어에 대한 의심에서 출발하는 것 역시 타당한 시의 출발점일 것이다. 결국 '우리'라는 복수 주체에 대한 질문을 던지고, 나아가 공동체에 대한 탐구를 수행하는 것 역시 시의 일이라 할 수 있을 것이다. 그리고 그러한 시적 사유와 언어는 현실의 공동체에도 영감을 불어넣을 수 있을 것이다. 그것이 권정일 시인의 시다. 회의를 이겨 내고 역설을 지나, 언어─그 실험과 제의─를 통해 비로소 태어나는 것, 그것이 권정일 시인의 '우리'다.